기쁨만 담은 흑진주

그리움 0516

장복순 흑진주 시집

인생을 시처럼 살자

도서출판 행복에너지

기쁨만 담은 흑진주

그리움 0516

초판 1쇄 발행 2017년 6월 1일

지 은 이 흑진주
발 행 인 권선복
편   집 김병민
디 자 인 서보미
전 자 책 천훈민
발 행 처 도서출판 행복에너지
출판등록 제315-2011-000035호
주   소 (07679) 서울특별시 강서구 화곡로 232
전   화 0505-613-6133
팩   스 0303-0799-1560
홈페이지 www.happybook.or.kr
이 메 일 ksbdata@daum.net

값 15,000원
ISBN 979-11-5602-495-8 (03810)

Copyright ⓒ 흑진주, 2017

도서출판 행복에너지는 독자 여러분의 아이디어와 원고 투고를 기다립니다. 책으로 만
들기를 원하는 콘텐츠가 있으신 분은 이메일이나 홈페이지를 통해 간단한 기획서와 기
획의도, 연락처 등을 보내주십시오. 행복에너지의 문은 언제나 활짝 열려 있습니다.

흑진주 담은 기쁨만

그리움 0516

장복순 흑진주 시집

인생을 시처럼 살자

도서
출판 행복에너지

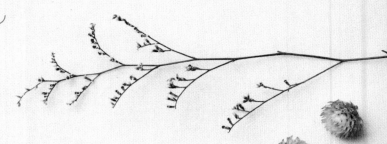

프롤로그

첫 번째 시집을 출간하며
부족한 글이지만 감회가 새롭습니다.
언어의 연금술사가 되고 싶었던 꿈 많던 산골 문학
소녀가 어느덧 장성하여 시인으로 다시 태어나
2007년 참여문학에 등단하였습니다.
계속해서 시를 썼으나 이제야 용기를 내어 시집을
출간하게 되었습니다.

흑진주 시인 장복순이

늘 ─────

항상 ──────

언제나 ──

새봄 파릇한 새싹처럼 파란 마음으로 살면서 사랑하고 감동하고 희구하고 전율하며 세상과 소통한 흔적입니다. 아주 오랫동안 목말라 하고 얼마나 소망하던 순간인가?

독자들에게 가슴 따뜻한 위로가 되었으면 하는 바람입니다.

요즘도 영화나 드라마를 보면 나는 금세 주인공이 되어 버린답니다. 울보대장인 엄마라서 "엄마 또 울어요?"라는 소리를 듣곤 합니다.

흥분제를 먹지 않아도 삶이 늘 즐겁고 행복해하는 나를 보면 친구들은 덩달아 좋아한답니다. 물론 슬프거나 아팠던 일도 많았지만 그럼에도 불구하고 넘치는 에너지와 끼를 가지고 험한 세상 살아갈 때에 빛과 소금 그리고 행복바이러스를 전파하는 역할을 할 수 있는 삶의 원동력과 훌륭한 DNA를 물려주신 부모님께 감사드리며 첫 번째 시집을 하늘나라에 먼저 가신 어머님탁선임 여사과 아버님장영부 옹께 가장 먼저 보여드리고 싶습니다.

함께 있을 때 내게 날개를 달아주겠다던 그 사람에게도….

정신연령이 16세인 철부지 엄마를 물심양면으로 응원해주며 엄마가 쓴 시가 국어책에 나왔으면 좋겠다는 유리, 유정, 환롱에게도 고마운 마음 전합니다.

때로는 황소걸음을 걸으며 여유롭게
때로는 그물에 걸리지 않는 바람처럼 자유롭게
때로는 씨앗 속에 감춰진 그리움처럼
애잔하게 시를 쓰겠습니다.

서울역이 어디냐고 묻는 할머님을 직접 서울역에 모셔다 드린 순수한 마음 변치 않고 계속해서 따뜻한 사람냄새 풍기는 글쟁이가 될 것입니다. 시인 흑진주의 시를 많이 사랑해주실 것을 소망하며 끝으로 김부식이 『삼국사기』를 집필한 후에 임금님께 올린 「진삼국사표」 마지막에 나오는 구절을 인용해봅니다.

"비록 명산에 간직할 만한 책은 못 되더라도 장독 덮개로 쓰지 않기를 바랄 뿐입니다."

시인 흑진주장복순 드림

추천사

| 김도운 고려대학교 명강사최고위과정 저술지도교수

시인 장복순은 흑진주라는 필명으로 더 많이 알려져 있다. 그가 왜 흑진주라는 필명을 사용하게 됐는지는 잘 모르겠다. 그것은 중요하지도 않다. 중요한 것은 그가 창작열에 불타 끊임없이 시를 쓰고 중단 없이 외부 세계와 소통하며 자신의 문학적 영역을 넓혀가고 있다는 점이다. 그의 소통과 교류는 비단 문학에 국한되지 않고 분야를 망라해 인간, 세상, 우주로 확대된다. 그래서 흑진주는 소통의 시인이고 인간미가 넘치는 시인이다.

대개 글을 쓰는 초보자들은 자신의 글 솜씨가 세상에 드러나는 것을 두려워한다. 그래서 세상에 드러내지 않은 채 혼자서 글을 쓰고 혼자만 읽는다. 장롱 깊은 곳에 자신의 글을 감추어 둔다. 그리고는 혼자만 시의 세계를 즐긴다. 그러다가는 이내 제풀에 지쳐 시를 쓰고 글을 쓰는 과정을 멈춰버리고 만다. 글을 쓰는 초보자들 대개가 그런 과정을 겪는다.

그러니 시집 한 권을 제대로 남기는 시인이 그토록 적은 것이다. 세상에 시인은 많지만 자신의 이름으로 시집을 출간하는 시인은 지극히 제한돼 있다. 혼자만 글을 쓰다가 혼자 주저앉는 경우가 많기 때문이다. 실상 혼자서 글쓰기를 즐기는 것은 자기 혼자만 즐거운 작업이다. 혹자들은 이를 일컬어 문학적 자위행위라고 칭한다.

글은 세상과 교감하고 소통하기 위한 도구이다. 단순한 글이 아닌 문학이라는 포장을 씌웠을 때는 더욱 그러하다. 과감하게 드러내고 혹독한 평가를 받아야 한다. 그런 과정을 통해서 글의 완성도와 완숙도는 높아간다. 이런 사실을 깨닫고 글을 쓰기 시작했다면 그는 이미 성공한 시인이고 수필가이다. 문학적으로 과감하기란 말처럼 쉽지 않다.

이런 면에서 흑진주 시인은 세상과 교감하고 소통하는 데 훌륭한 감각을 갖췄다. 그는 자신의 시 작품을 거리낌 없이 세상에 내 놓았다. 카카오스토리라는 소셜네트워크를 통해 당당하게 자신의 작품을 세상에 선보였고, 평가받았다. 칭찬과 격려도 많았지만 질책과 비아냥도 많았을 것이다. 흑진주 시인은 이러한 과정을 모두 극복하고 당당히 자신의 시집을 세상에 내놓았다.

흑진주의 시는 난해하지 않다. 그저 평범한 50대 여성의 순수한 마음으로 세상을 보는 시각이 고스란히 담겨있다. 일부러 어려운 시어를 골라 난해한 시를 쓰고자 하는 바보 같은 짓을 하지 않았다. 누구라도 읽어내려 가며 고개를 끄덕이고 시인의 순수한 마음에 공감을 얻어갈 수 있도록 했다. 너무도 읽기 편하고 공감을 갖는 데 편한 구조로 시를 썼다.

소재도 하나같이 생활 속에서 잡았다. 흑진주의 시를 읽으면 그의 생활이

보인다. 처음 만나는 사람도 5분만 지나면 이내 친구로 만들어 버리는 마법 같은 그의 능력이 시를 통해서도 드러난다. 까다롭지 않고 털털하고 수수하게 상대를 대하는 흑진주의 매력이 그의 시에서도 묻어난다. 늘 해맑은 웃음을 드러내 보이지만 그도 고뇌하고 아파하고 상처도 받는다는 사실이 그의 시에서 드러난다.

시는 흑진주의 일상에 늘 함께한다. 일상 속에서 밥을 먹고, 잠을 자고, 일을 하듯 흑진주 시인은 생활의 한 방편으로 시를 쓴다. 그의 시는 그래서 검박하고 수수하다. 거짓이 없고 지나친 꾸밈이 없다. 생활이기 때문이다. 그래서 누구나 쉽게 읽을 수 있다. 어려운 시는 쓰는 사람만 만족스러운 시이다. 흑진주의 시는 쓰는 당사자는 물론이고 읽는 모든 이들을 즐겁게 해주는 시이다.

흑진주는 앞으로 더 많은 시를 쓸 것이다. 그가 움직일 수 있는 한 그의 시작詩作은 계속될 것이다. 자연주의자이고 평화주의자로 감정에 충실한 일상의 시를 그려내는 흑진주 시인은 이번 시집 발간을 기해 한층 성숙하고 격조있는 시인으로 거듭날 것이다. 그는 더욱 행복해질 것이다.

2017년 영산홍 철에
儒城 省悟齋에서 筆岡 김도운

| 이미란 양평전원교회 목사, 『발효 이야기』 저자

　너무나도 버거운 삶인데도 초월해버리고 마냥 16세 소녀처럼 깔깔거리고 살지만 그 속에 참 고운 빛깔들이 넘치고 있음을 보게 되었다. 지구촌 멸종 위기의 좋은 사람인 것은 사실이다.

　본명 장복순! 필명 흑진주! 이 이름이 주는 느낌은 장날 엿장수가 가위춤을 추며 신명나게 불러 젖히는 노래가사 같다.

　"네가 나를 모르는데 난들 너를 알겠느냐 산다는 건 좋은 거지 수지맞는 장사잖소 알몸으로 태어나서 옷 한 벌은 건졌잖소…." 철 모를 때는 바흐만 좋아하고 알비노니의 아다지오를 들어야 음악을 듣는 줄 알았다. 그런데 오십을 넘기면서 뽕짝이 좋아지고 가사는 절절히 가슴이 박힌다. 흑진주 시인의 시는 오십을 넘겨야 들리는 뽕짝 같다. 그녀의 시는 사랑을 길게 설명하지 않는다.

　"내 속에 너 있다" 캬~ 좋다. 무릎을 치게 된다. 타타타의 가사처럼 인생이 수지맞는 장사임을 믿게 한다. 얼마나 많이 아팠으면 저렇게 16세 소녀처럼 깔깔거리며 살 수 있게 삶을 승화시켰을까 싶다. 타타타는 산스크리트어로 '진여' = '있는 그대로의 것', 곧 영원한 진리이다. 그녀의 시는 타타타를 닮아 있다.

| 한광일 한국강사은행 총재, 국제웃음치료협회 총재

"난 니가 참 좋아."

흑진주장복순 시인의 시는 사춘기 소녀의 감성처럼 뭘 해도, 뭘 봐도 마냥 좋은 느낌으로 다가온다.

그냥 스스럼없는 편안함과 설렘이 있어 좋다.

내 누이 같은 미소와 들꽃의 미소가 녹아있다. 슬그머니 미소 짓게 하는 마법이 있다.

시가 무엇인가를 다시 한 번 생각하게 하는 진솔함이 깃들어 있다. 분명히.

개구쟁이 같은 발랄한 문체는 읽는 이의 마음을 시나브로 사로잡는다.

그녀의 시가 소풍 길에 불어오는 시원한 바람처럼 청량감으로 다가가 더 넓은 세상에서 금강석처럼 빛을 발하여 많은 독자들에게 사랑받는 시인이 되길 바라며 앞으로도 계속 승승장구하고 건필하길 응원합니다.

추천사

| 최영선 고구려대학교 교수

　흑진주 시인은 삶의 소소한 기쁨을 찾아 주는 오아시스와도 같은 시인이다. 자칫 스쳐 지나갈 인연에도 의미를 부여하고 생명을 불어 넣어 우리 안에서 춤추게 한다. 그것이 사람이든, 한 송이 들꽃이든, 떨어질 듯 말 듯한 열매이든….

　흑진주 시인의 가슴속엔 무엇이 살고 있을까~ 설설 익어가는 꿈, 애틋한 그리움, 그리고 사랑…. 따뜻한 그만의 시어로 감성을 흔들어낸다. 이제 그의 시가 5월의 푸름을 한껏 더하게 할 것이다.

　첫 출간을 축하드리며 이번 출간을 시금석으로 시인의 포부가 무르익어 더 높이 비상하시길 바랍니다.

| 서필환(서본규) 명강사 21호, 성공사관학교장, 히든 챔피언 아카데미 대표

꽃 피고 지는 것에 슬퍼하지 않겠다는 시인의 언어 속은 잦은 바람에 흔들렸을 시인의 삶을 살짝 엿보게 한다. 하지만 감추지 않고 금방 속내를 알아차리게 하는 시향이 묻어 있어 진흙 속의 흑진주를 캐내는 느낌이라고 할까, 특유의 풋풋함이 가슴을 따뜻하게 만든다.

사랑만큼 짜릿한 멜로디로 불멸의 인생 2막을 노래하길⋯. 시인의 노래가 온 세상에 가득 채워지길 바라 본다.

| 유준형 에이플러스 멀티미디어 대표

맑은 영혼에 열정을 담아 노래하는 흑진주 시인님의 시를 음미하노라면 사랑과 평화를 느끼게 해줍니다. 행복은 강도가 아니고 빈도라 했듯이 흑진주 시인님의 시 하나하나가 매번 감동과 행복을 주는군요. 앞으로도 사랑과 감사, 온유를 듬뿍 담은 영혼의 시를 더욱 많이많이 담으시기를 기원합니다.

13   추천사

| 이보규 21세기사회발전연구소장, 『잘나가는 공무원은 어떻게 다른가』저자

　흑진주 시인은 대자연 속에서 함께 호흡하며 아름다움을 캐내는 언어의 마술사이다.

　시는 어두운 적막과 침묵 속에서 삶의 진실을 담아내는 고난도 작업이다. 하늘의 해와 달, 바람과 비구름을 이야기하고 땅 위에 자라는 나무와 풀과 꽃과 향기를 모아 노래하는 사람들의 교향악이다. 봄과 가을, 여름과 겨울의 흐르는 세월 속에서 삶의 아픈 흔적과 상처를 치료하는 따스한 손길이다. 그들의 교향악을 연주하고 따스한 손길을 내미는 사람이 바로 흑진주 시인이다. 우리는 시인의 시어를 통해 행복을 읽는다.

| 홍웅식 한국직무능력개발원 원장, 경영학 박사

    철학과 역사는 어렵습니다. 그러나 일상을 만나면 쉽게 이해됩니다. 시는 개인의 체험과 관련이 깊기 때문이지요. 개인적으로 엿보면 알 수 있는 게 바로 시이니까요. 장복순 님의 시가 바로 그렇습니다. 철학과 역사와 자연이 시와 만나 인문학이 된 것입니다. 이러한 훌륭한 시들로 인해 많은 영감이 독자들에게 전달되기 바랍니다.

| 원 영 조철수 시인 평론가, 명예 문학박사

    서두를 무시하고 흑진주 시인의 시평을 이야기한다면 삶에서 오는 그 힘은 여장군이 따로 없다. 그러면서도 틈틈이 그려낸 글을 모아서 시집을 낸다는 것 또한 쉽지는 않다. 그러나 '하면 된다'라는 정신의 살아온 노을이기에 첫 시집을 상재하면서 앞도 좋지만 옆도, 뒤도 라면 훌륭한 시인이란 기대를 받을 것이며, 다작 속에 명작도 그릴 것이다. 또한 출판에 박수를 보낸다.

15

| 강래경 고려대 평생교육원 코칭 강사

　시는 샘입니다. 시간 속 기억들이 고여 오늘을 사는 힘이 됩니다. 샘의 깊이
는 모릅니다. 하지만 망설이고 용기내길 반복했을 흑진주 시인의 10년은 압니다.
그래서 메마른 시간에 샘이 될 거라 확신합니다.

| 김인식 조직행복지원그룹 '잔디와소풍' 대표

　흑진주 시인의 시집은 잠자리 베개이며 생활의 손지갑이자 휴대폰, 아파트 열
쇠만큼이나 늘 들고 쥐어도 손색이 없을 듯합니다. 어떤 줄에선 가슴이 메이고
어떤 줄에선 그 사람이 다가옵니다. 깨어있어도 꿈꾸듯 하여 이것이 꿈이라면 깨
고 싶지 않은 마음을 보듬는 솜털 같은 시에 젖어 버렸습니다.

목차

Part 1 • 연 작

Part 2 • 단편

T

ODAY
I
CHOOSE
JOY

YOU ARE AMAZING, UNIQUE & BEAUTIFUL
THERE IS NOTHING
MORE YOU NEED TO BE, DO OR HAVE IN ORDER TO BE HAPPY
YOU ARE PERFECT JUST AS YOU ARE
GIVE LOVE & ENJOY EVERY MOMENT OF THIS PRECIOUS LIFE

Moldiv

흑진주에 시집

도수초교 5학년 김은채

연 작

그리움 _ 1

내가 흐르고
강이 흐르고
구름이 흐른다

내가 흐르고
네가 흐르고
노을이 흐른다

별들의 밀어는
춤추는 달빛과 더불어
희나리 되어 흐르고

묶어둔 생각의 단상
그 속에 네가 살고

그 속에 내가 살아

그리움 한 자락이 흐른다.

그리움 _ 2

하이얀 그리움 하나

함께했던 소중한 순간들

고즈넉하니 가슴에 사무쳐

추억의 길목을 서성이며

반짝이는 가을강 윤슬

물끄러미 바라보노라니

그리움은 무장 짙어져

바다가 되어 넘치는 눈물

빈 섬돌만 적시누나.

그리움 _ 3

가끔은
바람났다가
다시 돌아온
아름다운 생각의 단상들

그 속에 내가 살고
그 속에 네가 살아
세상이 아름다운 거야

오늘은
또
어떻게
느끼고?

오늘은

또

어떻게

살아갈까?

물 흐르는 대로 여유롭게

때로는 황소걸음을 걸으며

그렇게 살아가면 되는 걸 거야

찬란한 태양을 볼 수 있어서

불타는 노을을 볼 수 있어서

그대라는 이름을 부를 수 있어서

진주의 강에는

늘

항상

언제나

그리움 한 자락이 흐른다.

그리움 _ 4

보고 싶다
늘 그리운 사람

보고 싶다
항상 설렘을 주는 그 사람

보고 싶다
언제나 함께여서 좋은 내 사람

내 안에 살아있어도
난 니가 무시로
보고 싶다.

그리움 _ 5

무장 농익어가는 봄볕에
무장 그리워지는 그대여

무장 짙어만가는 신록은
무장 싱그러워져 곱구나

무장 두근거리는 가슴에
무장 벙글어지는 내마음

무장 쏟아내리는 빗물에
무장 아른 거리는 그얼굴

무장 깊어만지는 봄밤에
무장 보고파지는 사람아!!

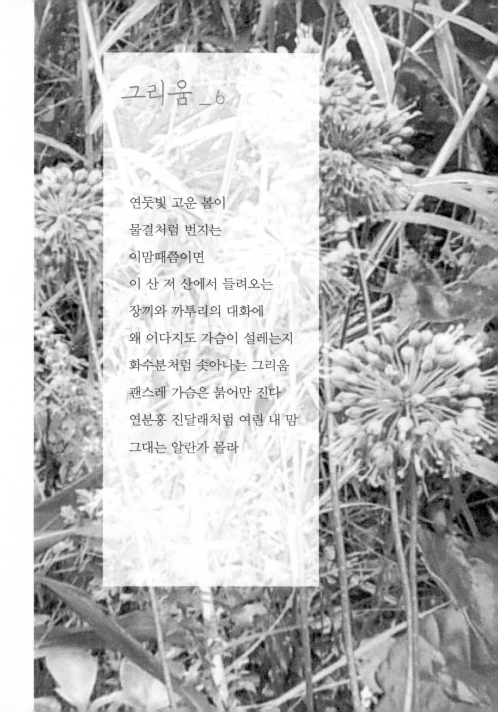

그리움 _6

연둣빛 고운 봄이
물결처럼 번지는
이맘때쯤이면
이 산 저 산에서 들려오는
장끼와 까투리의 대화에
왜 이다지도 가슴이 설레는지
화수분처럼 솟아나는 그리움
괜스레 가슴은 붉어만 진다
연분홍 진달래처럼 여린 내 맘
그대는 알란가 몰라

그리움 _7

그립다
말을 하면
행여
도망갈세라

보고 싶다
말을 하면
혹여
숨을세라

벙어리 냉가슴 앓듯
말은 못해도
봄바람에 꽃잎 떨듯
두근거리는 가슴으로

그래도 아직도

그대가 무진장

그립고 또 그립다.

그리움 _ 8

동동동 동동!!
봄바람 타고
꽃바람 불면

둥둥둥 둥둥!!
꽃비가 되고
꽃물이 되어

똑똑똑 똑똑!!
씨앗에 숨긴
그리움 줄게.

그리움 _9

그대 생각만 해도　　　푸른 꿈에 부풀어
벙글어지는 가슴　　　물 오른 수양버들

그대 생각만 해도　　　터지는 꽃망울에
붉어만 지는 마음　　　그리움을 수놓는다.

그대 생각만 해도
피어오르는 꿈들

그리움 _ 10

사랑은 어디서 오는 걸까?
오묘한 빛 드리우고
달빛 고요한 봄밤에 꿈처럼
갑자기 나타난 신기루처럼
그렇게 살며시 다가와
하늘에 꽃을 피웠지

그대 내게 머무는 동안
나의 마음은 언제나 축제
내가 되어서 흘러 흘러
강이 되었다가
마침내 바다가 되어도
다하지 못한 그리움.

그대와 함께라면 _ 1

내 가슴속에 맑은 물처럼 흐르고

푸른 숲처럼 안식처 주는

보석보다 빛나는

그대와 함께라면

별 하나 품은 듯

뭐든지 족하오

보이지 않는 애젓한 마음마저

달큰살큰 함께 공유하며 아름다움을 꿈꾸는 세상에서

그대와 함께라면

꽃피고 지는 것에 슬퍼 않으며

마치 우주를 품은 듯

언제나 만족하오.

그대와 함께라면 _ 2

꽃보다 곱고
달보다 환한
그대와 함께라면
마치 우주를 품은 듯
뭐든지 족하오

별보다 빛나고
해처럼 찬란한
그대와 함께라면
은하수 숲길을 걷는 기분으로
소소한 일상이 행복하겠소.

기다림 _ 1

저무는 석양 기다렸다가
어둠이 부끄럼 가려주거든
그대여 살포시 내게 오소서

영롱한 별빛 뒤로 하고
달빛 아래서 그대와 더불어
밀어를 나누고 싶소

은하수 숲길을 거닐며
도란도란 정겨운 얘기 나누면서
날 새는 줄도 모르고
내사 영원에서 영원까지 사랑하리다.

기다림 _ 2

그대 그리운 날에

함박눈은 내리고

그대는요

눈꽃송이 휘날리며

마치 마법처럼

꽃다발이 되어

내게로

내게로 옵니다.

기다림 _3

그대오는
길목마다
청사초롱
불을밝혀
버선발로
마중하리
아름다운
나의사람
나하나에
사랑이여!!

기다림 _4

행여 오실까?
어느 때일까?
언제 쯤일까?

안개 젖은밤
불쑥 내미는
그대 그림자

혹여 꿈일까?
들뜬 마음에
별빛 내린다

마구 쏟아진
달빛 그리움
늘상 나르샤!

기다림 _ 5

늘
처음처럼 싱그러운 마음으로
달빛에 비추인 이팝나무 꽃처럼
은근하게, 때론 화사하게
달빛과 더불어 오소서 그대!!

항상
일곱 색깔 무지개처럼
따사로운 봄 햇발처럼
가슴 뭉클한 사랑처럼
분홍빛 설렘으로 오소서!!

언제나
어둠 가까이에 새벽 오듯이

은근슬쩍 자연스럽게
바늘 가는 데 실 가는 것처럼
무작정 끌림으로 오소서!!

늘, 항상, 언제나
세상이 정해놓은 틀에
무시로 얽매이지 말고
세상 끝나는 그날까지
스스럼없이 오소서 그대여!!

사랑 _ 1

사랑은
소리 없이 내 맘에 들어와
내 맘을 빼앗고
내 눈과 귀를 멀게 해
순식간에 고운님
포로가 되고 마는 눈 먼 장님

사랑은
숨 못 쉬고 지켜보는
알 수 없는 야릇함
새싹처럼 파룻파릇
파란 마음 내게 줘
감동의 물결 일게 해!!

사랑 _2

사랑은 느닷없이
쏜살처럼 눈으로 들어와
눈 먼 장님을 만들고

사랑은
어느새 소리 없이
설레는 마음을 빼앗고

사랑은
마침내 속절없이
심장을 춤추게 하는 요술쟁이.

소꿉장난 _ 1

그대여 오라!!
오늘 하루는
저 산에 걸린 고운 노을처럼
그냥 신나게 놀아버리자꾸나

세상에 버거운 짐 있거들랑
홀홀홀 털어버리고
천둥벌거숭이처럼 그렇게
마냥 뒹굴며 놀아보자꾸나

하늘도 닿달아 첫눈으로 축복하니
난장을 치며 화답하자
우리들의 축제에 한마당
아담과 이브처럼 놀아보자꾸나.

소꿉장난 _ 2

아침빛 같이 뚜렷하고
달같이 아름다운 그대여!!

노을 비끼는 저녁에
어둠이 부끄럼 가려주거든
한바탕 난장을 치며 놀아보세나

진주만에 달 뜨거든
은하수 숲길을 거닐면서
달을 안고 놀아보세나

해같이 밝은 마음으로
달같이 맑은 웃음으로
살포시 오소서 그대여!!

이런 사람이 되고 싶습니다 _ 1

늘
사계절 푸르른 상록수처럼
파란 마음으로 살아가는 사람
아침 이슬 머금은 영롱한 풀잎처럼
소박한 들꽃의 미소처럼
마음 밭이 풍요로운 사람
마음속에 보물섬을 품고 사는
꽃보다 향기로운 사람이 되고 싶습니다

항상
캄캄한 밤하늘에
금강석을 뿌려놓은 별처럼
보석을 달지 않아도 빛나는 사람
고운 달빛 그림자처럼
분홍빛 설렘으로 그리워하며

창공에 빛나는 따사로운 햇살처럼

세상에 빛과 소금이 되고픈

사람 냄새 나는 푸근한 사람이 되고 싶습니다

언제나

바쁘게 돌아가는 세상사에 휩싸이지 않고

물 흐르듯 여유롭게

때로는 황소걸음을 걷는

마음이 넉넉하고 따뜻한 사람

웃는 얼굴 고운 마음씨로

가뭄에도 마르지 않는 옹달샘처럼

나 그대에게 행복의 샘 같은 사람이 되고 싶습니다.

이런 사람이 되고 싶습니다 _ 2

늘

빛나는 하늘에 금강석처럼

변함없는 마음으로 살아가는 사람

일곱 색깔 영롱한 무지개처럼

순진무구한 아이들의 미소처럼

마음결이 부드러운 사람

마음속에 꽃씨의 그리움을 품고 사는

꽃보다 아름다운 사람이 되고 싶습니다

항상

해맑은 웃음으로

한 폭의 수채화를 보는 것처럼

은은한 달같이 어여쁜 사람

고운 별빛 그림자처럼

보랏빛 설렘으로 그리워하며
아침을 깨우는 찬란한 햇살처럼
세상에 빛과 소금이 되고픈
오롯한 사람이 되고 싶습니다

언제나
바쁘게 돌아가는 세상사에 물들지 않고
강물처럼 여유롭게
수정처럼 맑고 밝아
오래 볼수록 좋은 사람
별꽃처럼 수를 놓아
세상 끝까지 영원토록 한결같이
나 그대에게 보물섬처럼
넉넉한 사람이 되고 싶습니다.

Part 1. 연작

Part 2

단편

가을은 참 예쁘다

파란 하늘과 황금빛 들판
가을 햇살에 눈부신 윤슬
가을은 참 예쁘다

하늘 드높이 나는 철새
가을 서녘에 불타는 노을
가을은 참 예쁘다

그대 눈부신 소소한 일상
내게 주어진 가을 강 사랑
가을은 참 예쁘다.

가을이 오면

사소한 것들까지도
아름답게 보이는 계절
풍요로운 가을이 오면
노을빛 설렘으로 그리워하며
꿈을 꾸게 하소서!!

풀리지 않는 수수께끼
그대라는 마법에 걸려
그리움을 숨겨온 꽃씨마냥
뼛속 깊이 사무치는 그대
사랑하게 하소서!!

가끔씩은

가끔씩은
하늘을 봐요

섹시한 눈썹달과
끝없는 은하수 숲이
변함없는 기다림으로
꿈을 꾸듯 나르샤!!

꽃씨에 숨겨진
하얀 그리움처럼
우주엔 금강석이 찬란하니
진주만은 강이 되어 나르샤!!

하늘을 봐요
가끔씩은.

개똥벌레

너 그거 아니?
땅거미 지고 어스름 저녁이면
어둠을 아름답게 수놓은 반딧불이는
하늘에서 떨어진 별가루래

너 그거 아니?
경이로운 불빛 개똥벌레는
더 높이 더 멀리 날아올라
가슴 한켠에 묻어둔 그리움
오롯이 전해줄 별똥별이래.

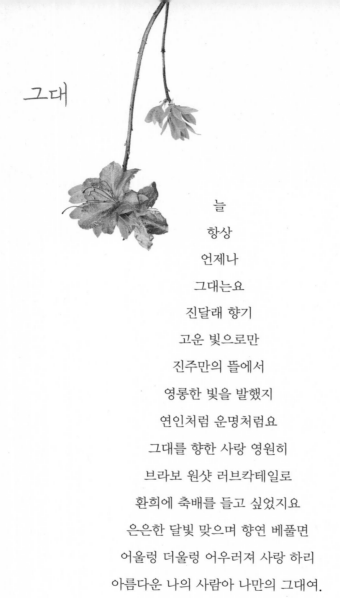

그대

늘

항상

언제나

그대는요

진달래 향기

고운 빛으로만

진주만의 뜰에서

영롱한 빛을 발했지

연인처럼 운명처럼요

그대를 향한 사랑 영원히

브라보 원샷 러브칵테일로

환희에 축배를 들고 싶었지요

은은한 달빛 맞으며 향연 베풀면

어울렁 더울렁 어우러져 사랑 하리

아름다운 나의 사람아 나만의 그대여.

그대가 그리움~벚꽃 그리고

그대가
걷는 길은 비단길

그대가
머문 자리는 꽃자리

그대가
하는 말은 마법

그대가
내게 준 선물은 콩깍지

그대가
만든 울타리는 꽃밭

그대가
불러주는 노래는 자장가

그대가
둥지를 만들면 에덴

그대가
만든 세상이 곧 신세계

그대가
서 있는 곳은 무릉도원

그대가
나랑 함께라면 파라다이스

그대가
향한 꿈에 세계는 이상향

그대가

늘

항상

언제나

사랑이길

설렘이길

소망합니다.

그대는요

그대는요
멀리 떨어져 있어도
더욱 가까이 보이는 사람!!

소소한 일상
있는 그대로의 향기
자지러지는 웃음까지도
뼛속 깊이 사무치는 오롯한 사람!!

가만히 생각만 해도
입가에 미소 넘치게 하는 사람!!

그리울 때 꺼내보는
내 마음속 보석 상자의 주인
그대는요.

그땐 그랬었지

큰골 작은골을 배경 삼아

병풍처럼 드리워진 뒷산하며,

청년산을 앞세우고

도란도란 둘러 앉아

파노라마처럼 펼쳐진

정겨운 마을 밤실율곡

삼면이 산으로 둘러 싸여

하늘하고 산밖에 없어서

너무나 조용한 동네인 밤실은
하늘 아래 첫 동네이다
새벽이면 우리 집 장닭^{수탉}이 내는
고음의 기상나팔 소리에
온 동네 사람들 눈을 뜨게 하고,
아침 준비에 박차를 가했지
음메
음메
황소의 쉰 목소리는
마실 나간 누렁이 찾아
담장을 넘어
마을에 울려 퍼지고
우뚝 선 굴뚝엔 하얀 연기가
뭉게구름처럼 피어올라
밤새 안녕을 알리는
신호탄이 되었지
바람에 사각이는 순우댓잎
서로의 안부 인사를 나누던

정겨운 풍경은

세월이 지난 지금도

눈에 선하다

겨울의 흔적

두꺼운 얼음 아래로

시냇물은 졸졸졸 흐르고

어느새

싱그러운 봄도 따라 흐른다

봄나물 캐고

물고동다슬기 잡으며

봄 속으로 빠졌던 동심

그때 그 시절로

돌아갈 수 없기에 더욱더 그립다

아지랑이 피어오르는

들판 길 따라 걸으며

내 동무들과 나눴던

정다운 대화

논두렁

밭두렁

동구 밖 느티나무에도

파릇파릇 새싹 돋아나

내 마음처럼 푸르던 봄!!

봄!!

봄!!

햇살 따사로운 봄!!

그땐 그랬었지.

그러면

이따금 부는 바람에
실려 온 하얀 꽃송이

설렘 가득 안고서
네게로 달려간다면

그러면
만나줄래?

그래도 아직도

내 눈이 멀기 전에
내 귀가 먹기 전에
내 맘이 숨기 전에
내 입이 굳기 전에
내 몸이 식기 전에
그래도 아직도
간절히 부르는
진주만의 노래는

내 눈이 보이지 않는다 해도
그대가 천만 군중 속에 있다면
그대를 한눈에 찾을 것이며

내 귀가 들리지 않는다 해도

그대 심장의 고동 소리를 기억할 것이요

내 마음이 기억하는 단 한 사람은

오직 그대라는 사람일 것입니다

– 『그대가 천만 군중 속에』 정채봉 시인님 작품에서 인용

난 니가 참 좋아

오솔길에서 만난 옹달샘처럼
가슴 한켠에 밀려드는
그리움 있어
난 니가 참 좋아

안개 낀 들판길 걸어갈 때
아무런 조건 없이
날 맞이한 달맞이꽃처럼
설렘 있어
난 니가 참 좋아

부끄러운 듯 수줍어하는
달그림자 따라
별똥별 떨어진

숲길에 피어난 들국화처럼

환한 미소 깃들어

난 니가 참 좋아.

너 그거 아니?

늘
내 맘속엔
너라는 별이 빛나고 있어
샤방샤방 반짝이는 거야

항상
내 가슴 속엔
너라는 달이 춤추고 있어
샤랄랄라 상사몽을 꾸는 거야

언제나
내 심장 속엔
너라는 해가 해바라기 하고 있어
얄리 얄리 아라리가 나는 거야

너 그거 아니?

넌 내게 난 네게

넌
내게
산소처럼 바람처럼
어느 때는 솔잎 향기처럼
그렇게 내게 스며들어와

난
네게
나만의 향 내음을
은은한 국화 향기를
어느 때는 솔바람 소리를
그렇게 네게 스며들게 하고 싶다

그대 세상에서
지치고 피곤할 때

힘들고 서러울 때

힘내라고

솔바람 소리를 전해주고 싶다.

널 사랑하겠어

넌 있잖아
언제부터인지 몰라도
선물처럼 내게 다가와
콩깍지를 씌었나봐

그리운 마음 메아리 되어
깊게 사랑하고
넓게 좋아하는 너
널 사랑하겠어

어쩌면 좋아
그래도 아직도
벗겨지지 않는 콩깍지에
눈 먼 장님이 되었나 봐

바보처럼 눈이 멀었어도
보지 않아도 보이고
화수분처럼 쏟아지는 그리움
이렇게 사모하는 널!!
널 사랑하겠어.

내 고운 님 생각하면

내 고운 님 생각하면
내 안에
꽃밭이 생기고
푸른 들판길 보이며
넓은 내가 흐릅니다.

내 고운 님 생각하면
내 안에
잔잔한 물결 일며
푸른 초원길 펼쳐져
깊은 강이 흐릅니다.

내 고운 님 생각하면
내 안에

보물섬이 생기고
무릉도원이 펼쳐져
넓은 바다가 흐릅니다.

내 안에 너 있다

아무리
감추려 해도

아무리
숨기려 해도

수시로
들키고 마는

아가페
진주만 사랑
내 안에 너 있다

언제나

해맑은 모습

무시로
보이는 그대

보인다
진주강 사람
내 안에 너 산다.

다솜

한울 같고 마루 같고
늘솔길에 해류몸해리 같은
진주만의 그린비여!!

물비늘 일렁이는 꽃가람
가람에서 아라까지 흘러
시나브로, 시나브로
미리내 숲길로 함께 올라봐요

온새미로 그린내여!!
때로는 윤슬처럼 부드럽게
때로는 푸르미르처럼 날아올라
가온누리에 예그리나 되소서!!

당신도 그런 적 있나요 ?

온종일 해만 따라다니는 해바라기처럼
설레는 마음 감추지 못한 채
당신도 나만 그리워한 적 있나요?

풀벌레 우는 가을밤 달빛에 취해
은하수 숲길을 함께 거닐고 싶다는
그런 상상을 해 본 적 있나요?

다가갈 수 없는 보물섬에 갇혀
일상의 모든 일 잊어버린 채
속울음 우는 나처럼
당신도 그런 적 있나요?

무소구

나

그대

사랑해

그대만을

변함없이요

항상 함께 해요

처음 그 마음으로

세상 끝나는 날까지

무소유에 무소구로도

마냥 행복할 수 있는 우리

세상이 정해 놓은 잣대엘랑

흔들리지 않도록 늘 서로에게

큰 나무의 그늘처럼 보듬어주는

참 아름다운 사람이 되길 바램하오

밤하늘에 흩뿌려 놓은 은하수처럼요

언제나 우리는 금강석 같은 빛이고 싶소.

무소유

무소유

그대의 마음도

그대의 생각도

그대의 몸짓도

그대의 눈빛도

그대의 영혼도

그대의 언어도

그대의 평강도

그대의 안녕도

그대의 기대도

그대의 자랑도

그대의 명랑도

그대의 감성도

그대의 환상도

그대의 이어도

그대의 사랑도

그대의 그대도

모두가 무소구

그대도 무소유

문자 메시지

내게 문자 시험에 들게도 하고
때론 문자 폐인도 되게 하는
문자 메시지

네모난 편지봉투 뜨면
내 맘 설렘 속에 빠져버리지
그가 누군지 몰라도
괜스레 가슴은 두근두근

문명의 이기
누가 만들었을까?
하지만 좋은 걸 어떡해
문자 메시지

바램

우리

가끔씩

가끔씩은

이렇게

비 오는 날

풍경 속에서

함께 꽃비도 맞으며

한 잔에 차도 마시고

심금을 울리는 영화도 보면서

추억 하나 만들었으면 좋겠다.

그리움의 바램

기다림의 설렘

빗방울의 향연

보석같은 그대
로맨틱한 사랑

자주는 아니어도
무시로 만나서
그랬으면 참 좋겠다.
우리는

보고 싶은 날엔

널
보고 싶은 날엔
파아란 하늘은
아침 이슬처럼 싱그럽고
들길 따라 걷다 보면
어느새
너의 따뜻한 마음
그리게 되지

들꽃처럼 풋풋했던
너의 환한 미소는
여름날 소나기처럼
마구 쏟아지는 그리움
어쩜 좋아
보고 싶은 날엔

백팔 연시

예그리나 그린비여!!

들으소서 백팔연시

눈부시게 아름다운

병신년을 사노라며

이런저런 생각하니

낙서하듯 적자생존

서슴없이 고백건대

그대만난 첫날부터

연중무휴 해바라기

별바라기 꽃바라기

하고많은 바라기중

님바라기 최고일세

태양처럼 찬란하게

구름처럼 자유롭게

노을처럼 은은하게

바람처럼 시원하게

별빛처럼 잔잔하게

달빛처럼 섹시하게

들꽃처럼 소박하게

꿈꾸듯이 살아보세

한오백년 산다하면

이런얘기 안하겠오

우리인생 살다보면

한백년을 살까말까

이왕지사 사는인생

후회없이 살아보세

어와둥둥 내사람아!!

진주만에 해뜨거든

뱃놀이도 좋을시고

바다처럼 품어주며

함께하는 즐거움에

이내가슴 두근두근

설레이고 설레이네

보고봐도 좋은사람

정겹고도 정겹구나

님의향기 흠뻑취해

난아직도 취중이오

어와둥둥 내사랑아!!

함께하는 즐거움에

어깨춤이 절로나요

춤사위는 막춤인데

그런대로 예술일세

룰루랄라 즐거웁게

아니놀고 버틸손가

베시시시 고운미소

햇살처럼 가득하리

얼씨구나 좋을시고

절씨구나 좋을시고

덩실덩실 춤을추세

발걸음도 가벼웁게

룰루랄라 신명나게

우리들의 무대위에

주인공은 그대와나

인생살이 사노라면

즐건일만 있으랴만

우하하하 푸하하하

웃다보면 좋은일들

많이많이 생긴다오

헤헤헤헤 히히히히

아이들의 미소마냥

순수하게 웃어보세

마주하는 얼굴가득

웃음꽃이 만발하고

가슴가득 환한미소

상상초월 기쁨일세

저녁노을 펼쳐지며

진주강에 달뜨거든

은하수길 걸어볼까?

도란도란 정겨웁게

이야기꽃 만발하고

시종일관 웃음바다

선물같은 오늘하루

소설처럼 영화처럼

사랑하고 감동하고

희구하고 전율하며

빛이나게 살아가리

즐겁도다 이내인생

건강하게 즐겨보세

얼씨구나 절씨구나

후회없이 놀아보세

서슴없이 말하리라

변함없이 사랑하고

하염없이 기다리리

살다보면 언젠가는

이별할날 온다지만

다음생도 우리만나

샘물처럼 솟아나는

엔돌핀에 취해보세

아름다운 사람이여!!

남은여생 더불어서

신선처럼 유유자적

즐겨보면 어쩌리오

함께라서 행복하오

보일듯이 잡힐듯이

뵈지않는 인생이라

하얀종이 펼쳐보며

파란마음 그려보네

함께여서 즐거워요

바다처럼 하늘처럼

영원토록 변치않고

넓고크게 살아가세

가슴한켠 툭툭털고

아름다운 인생얘기

온몸으로 노래하니

행복하지 아니한가?

아름다운 사람이여!

병신년엔 운수대통

만사형통 하옵소서!!

빈 가지

정을 사뤄

꽃바람 섶을 열면 살포시 마음 닿아

받아든 님의 술잔

그 잔에 취해 웃네.

Part 2. 단편

아름다운 관계

벌은 꽃에게서 꿀을 따지만
꽃에게 상처를 남기지 않습니다
오히려 열매를 맺을 수 있도록
꽃을 도와줍니다

사람들도
남으로부터
자기가 필요한 것을 취하면서
상처를 남기지 않으면
얼마나 좋을까요
내 것만 취하기 급급하여
남에게 상처를 내면
그 상처가 썩어
결국은 내가 취할 근원조차

잃어버리고 맙니다
사람과 사람 사이에도
꽃과 벌 같은 관계가 이루어진다면
이 세상엔 아름다운 삶의 향기로
가득할 것입니다

그대의 몸 안에
가슴 속에
사랑의 우물을 깊이 파 놓으세요

밉게 보면 잡초 아닌 풀이 없고
곱게 보면 꽃 아닌 사람이 없으되
그대를 꽃으로 볼 일이로다

털려고 들면
먼지 없는 이 없고
덮으려고 들면
못 덮을 허물없으되

누구의 눈에 들기는 힘들어도
그 눈 밖에 나기는 한순간이더라

귀가 얇은 자는
그 입 또한 가랑잎처럼 가볍고
귀가 두꺼운 자는
그 입 또한 바위처럼 무거운 법!
생각이 깊은 자여
그대는 남의 말을
내 말처럼 하리라

겸손은 사람을 머물게 하고
칭찬은 사람을 가깝게 하고
넓음은 사람을 따르게 하고
깊음은 사람을 감동케 하니

마음이 아름다운자여!!
그대 그 고운 향기에
세상이 아름다워지리라.

아카시아 꽃

아카시아 꽃은요
겨우내 못다 내린 눈
길 잃고 헤매다
이제사 내려와
순백의 눈꽃 되었나 봐요.

아카시아 꽃은요
간밤에 고운 달빛
살며시 내려와
목화솜처럼 하이얀
꽃구름 되었나 봐요.

가녀린 고운 꽃잎
행여 다칠세라

그리움 몰래 숨겨두고

그 마음 들킬세라

가시가 돋았나 봐요.

안개비

안개비 내리는 날이면
난 너에게 가고 싶다

너와 함께라면 발길 닿는 곳
어디든지 가고 싶다

통유리찻집 창가에 마주앉아
따뜻한 차 한 잔으로 서로의
마음을 녹이고 있는 그대로의
나를 보여주고 싶다

무언의 눈빛으로 하염없이 내리는
빗줄기 바라보며 아무 말 하지
못할지라도 내 마음을
네게 주고 싶다.

어머니

당신의 주름진 얼굴
생각만 해도
그리움에 눈물이 납니다
날 낳아주신 이
날 지켜주신 이
진자리 마른자리 갈아주신 이
당신에게도
꽃피고 푸르른 날이 있었을 테지요.

내 어릴 적
당신 모습은
물동이 머리에 이고
내 동생 등에 업고
이고 지고도 씩씩하게

새벽부터 밤중까지 항상
개미처럼 부지런히 일만 하셨지요.

나 지치고 힘들어 울먹이던 날
늘 넓은 가슴으로 포근하게 안아주시고
대지의 여신인 듯
든든한 울타리가 되어주신 나의 어머니
맛있는 음식이라도 생길라치면
칠 남매 입 생각 먼저 하느라
당신은 언제나 먹었다 하셨지요.

그 모질고 험난한 보릿고개도
두루뭉술 초연하게 잘도 넘기셨지요
당신은 늘 저에게 삶의 지혜와
용기를 심어주셨습니다
이제 그만 삶의 무거운 짐 내려놓고
가슴에 쌓인 한 풀어버리고
편안하게 오래오래 사셔요.

오늘만큼은
고된 세월의 흔적을 펴드리고 싶습니다
어머니!
나의 어머니!
당신을 존경합니다.
사랑합니다
너무 많이요.

어쩌면

어쩌면
달 옆에 머무는 진주별님께
간절한 소원 하나 들어달라고
투정을 부릴지 몰라

어쩌면
찬란한 봄이 오면
먼 산 진달래꽃 따다가
그리움 채울지도 몰라

어쩌면
우리는
함께한 모든 날들이 아름다웠노라고
달님께 고백을 할지도 몰라.

오늘만큼은

오늘만큼은
내가 바람 하는 모든 것
이루어질 수 있다면
우리 사는 세상 지치고 힘들지라도
난 그대에게 늘 기쁨이길

오늘만큼은
온종일 하염없이
장맛비 내린다 해도
마음속 가득히
난 그대에게 항상 사랑이길

오늘만큼은
자욱한 안개 속

몰래 감춰둔 보물

작은 요정처럼

그대에게 언제나 그리움이길

인연

그대는 내게
아주 먼 옛날부터
이미 알았던 사이인 것처럼
나도 모르게 조금씩 다가와
내 마음을 송두리째 빼앗아 버렸지

사랑하는 이와 만나고 헤어지는 것
영원히 잊혀지지 않는
아름다운 추억 만들기
인연 따라 만난 사람
연연해하지도 말자

인연이 아니면
아무리 마음에 두어도

만나지 못한다는 것을 알기에
퇴색하지 않는 마음으로 포옹하는
그대와 나의 애틋한 인연.

사랑해

날마다
눈이 닳도록

날마다
보고 또 보고 싶지만
정말 그러고 싶지만

날마다
바쁜 일상의 삶이
고립된 섬에 나를 가둬도

그래도
아직도
사랑해

한 가지만 믿어줄래
사랑해 너를 사랑해

천년만년 사랑해
영원토록 사랑해.

숨바꼭질

내고운님 생각하면

두근대는 이내가슴

사랑한다 말을하면

행여라도 도망갈까

보고싶다 말을하면

혹여라도 숨을세라

그대위한 세레나데

어두움을 빗질하고

별꽃들이 수를놓은

은하수길 밟노라니

송도삼절 황진이의

애틋했던 상사몽이

진주만에 노래되어

샤방샤방 빛이나네

그대향한 일편단심

상사몽의 숨바꼭질.

시화전

시화전뜰 길목에는
문전성시 인산인해
그제어제 오늘까지
오고가는 인파속에
피어나는 함박웃음

축제마당 무대에는
볼거리도 하고많고
먹거리도 풍성하여
어디에다 눈길둘꼬!!

은행나무 그늘아래
빨강의자 자리잡고
뙤약볕을 피하면서

하늘보고 냇물보니

하늘에는 뭉게구름
둥실둥실 흘러가고
기러기떼 넘나들며
시화전을 구경하네

시냇가엔 돌돌돌돌
흘러가는 시냇물과
한들한들 개망초꽃
초록풀잎 한창일세

해협산에 밤꽃향기
바람결에 실려오면
부는바람 싱그러워
이내가슴 울렁이네

센스쟁이 흑진주의
작품보고 감동하는
뭇사람의 칭찬속에
하루해가 저무누나

땅거미가 내리거든
나도이제 파장하고
불꽃놀이 한마당에
남은열정 불태우리

태양처럼 뜨거웠던
시화전도 이제그만
정유년을 기약하며
아름다운 마무리에
고단함을 내려놓네.

정월 대보름

며칠 전부터
달이 차기만 기다렸지
어서어서 자라서 토실토실 살찐
쟁반 같은 보름달 보고파서

저기 저 달 속엔
달 집 짓고
쥐불놀이 깡통 돌리던
내 어릴 적 추억이
고스란히 깃들어 참 정겹다

언니 오빠 친구 동생들 모여
들판을 마치 제집 마당인 양
뛰어다녔던 그때 그 시절

달집 태워 숯 검댕 묻은 얼굴

창피함도 추운 줄도

시간 가는 줄도 모르고

휘영청 밝은 달빛에 취해

밤새 마냥 신났던 기억

새삼스럽게 떠올라

오늘 밤 달님께

간절한 소원 한 번 빌어봐야지

진주처럼

진주처럼 그대처럼

친구처럼 연인처럼

햇살처럼 노을처럼

구름처럼 바람처럼

이슬처럼 안개처럼

강물처럼 바다처럼

형수처럼 형님처럼

수련처럼 연못처럼

진실처럼 처음처럼

주자처럼 공자처럼

사향처럼 사슴처럼

랑군처럼 호동처럼

해일처럼 파도처럼

요즘처럼 예전처럼

나무처럼 꽃밭처럼

도인처럼 무사처럼

사람처럼 천사처럼

모빌처럼 나비처럼

해송처럼 적송처럼

엄마처럼 아빠처럼

언니처럼 오빠처럼

무대처럼 연극처럼

소설처럼 영화처럼

천년만년 살고지고

예그리나 그린비여!!

찔레꽃

어쩜 이리도 고울까?
숨이 멎을 만큼 매혹적이진 않지만
하얀 옷을 입은 선녀처럼
온통 순백으로 단장하고
봄날 꽃 잔치가 끝날 무렵
떨리는 숨결로 다가와
뻐꾸기 노래 소리와 더불어
여름을 재촉한다

청순한 찔레꽃은요
내 마음에 푸른 파장 일게 하는
초승달을 닮아서 애잔하다.

찔록꽃*

오메
예삔 거 잉
어쩐당가요
희컨 찔록꽃을 봉깨로
이렇코롬 숨이 턱턱 맥힌 거이
이녁 생각이 절로 납디다
천사의 날개 맹키로 하늘거림시롱
한 모데기썩 핀 찔록꽃 이파리
떨리는 숨결로 다가오는 것이
이녁 타개서 무진장 좋습디다

오메
좋은 거 잉
이녁 냄시도 이렇지라 ~ 잉

은근슬쩍 다가오는 향이 황홀해 뿝디다

몰악시럽게 내리쬐는 늦봄 땡볕도

암시랑토 않고요 ～ 잉

이녁 생각허면 나 맴이

솔찬히 거시기 해뿐당깨요 ～ 잉

가심이, 가심이

두방망이질 치고 ～ 잉

난리도, 난리도

이런 난리가 없쏘 ～ 잉

이녁바라기인

이녁에 이녁은 말이요

수백, 수천, 수만, 수억의 생각들 중에

그래도

아직도

순간에서 영원까지

자꼬자꼬 생각나는 사람은 말이요

멋드러진 이녁 뿐이랑깨요 ～ 잉

봇씨요

이녁에 이녁의 끝없는 몸짓

이녁도 알것지라 ~ 잉

이녁은

나에 "로망"임시롱

영원한 나의 "그린비"잉깨요 ~ 잉

허벌나게 좋은 찔록꽃 냄시 같은

이녁은 말이시

이런 나 맴

알랑가 몰라 ~ 잉

*찔레꽃의 전라도 사투리

참이슬

어머나 놀라워라
병섬에 갇혀버린
순백의 물방울들

똑똑똑 감질나게
톡톡톡 우아하게
살포시 안기우네

봄볕에 물이오른
꽃망울 터지듯이
참이슬 스며드네

첫눈

잔치 잔치 열렸네
눈꽃잔치 열렸네

바람 타고 샤랄랄라
보물섬엔 눈꽃천지

찰나의 생명으로
흔적도 없이 사라진다 해도

내 안에 살아있는 그대처럼
영원히 기억하리라.
눈꽃 세상의 첫눈을!!

칠갑산

칠갑산이　어디메뇨
우리한번　떠나볼까?
충청남도　청양땅에
칠갑산이　있다던데
뛰뛰빵빵　버스타고
신이나게　달려보세
달려달려　도착하니
천장호수　우릴반겨
출렁출렁　춤을추네
다리중간　걸려있는
왕고추도　대박이요
우하하하　푸하하하
아니웃고　배길손가?
선물같은　오늘하루

소설처럼 영화처럼

즐거웁게 놀아보세

얼씨구나 좋을시고

절씨구나 좋을시고

어깨춤이 절로나요

춤사위는 막춤인데

그런대로 예술일세

룰루랄라 즐거웁게

아니놀고 버틸손가?

출렁다리 건너가서

출갑산에 입성하니

콩밭매는 아낙네는

나이들어 은퇴하고

전설로만 남았다네

봄산에는 훈풍불어

진달래꽃 만발하고

이내마음 두근두근

샤랄랄라 떨려와요

영변약산 진달래꽃
아름따다 주리오만
칠갑산에 핑크빛엔
견줄바가 안되더라
노세노세 젊어노세
늙어지면 못노나니
봄날처럼 화사하게
어디한번 놀아보세
우하하하 푸하하하
우리들의 웃음속에
행복열매 주렁주렁
고즈넉한 장곡사엔
보물들이 그득하여
내마음이 부자같소
대웅전뜰 밟으면서
도란도란 정겨웁게
이야기꽃 만발하니
선물같은 해루해가

노을속에 저물어요
함께했던 추억들은
길이길이 남으리라
전설되어 영원토록
영원토록 추억되리.

함박눈

함박눈이 온다고요

땅거미 내리는 저녁
겨울새는 둥지에 깃들고
동짓달 기나긴 밤에
그대는요
어느새 함박눈꽃 되어

내게로 내게로 옵니다

부엉새 우는 겨울밤
지긋이 두 눈 감고
다시금 불러봅니다
바람결에 들려오는
님의 노래를…

함박눈이 온다고요

여심 女心

봄비에
심술쟁이 바람은 술렁이고

바람에
흩날리는 벚꽃은 춤을 추네

꽃비에
춤사위는 하늘로 날아올라

꽃물에
애태우는 마음을 전해볼까?

다시, 봄

삭풍한설 견뎌내고
꽃샘바람 품어주니
사무치게 보고픈임
마중하여 나빌레라

부는바람 간지러워
눈을감고 별을헤니
홍매화에 춤사위가
덩달아서 수줍구나

긴속눈썹 드리우고
붉그스레 취한뺨은
못견디게 그리운임
마음같아 애젓하다.

봄에는

봄에는

산으로 갈까나?
봄향기에 취하라고
분홍빛 진달래가
수줍은 새악시 볼처럼
올망졸망 부끄러움 피는

들로 갈까나?
눈부신 태양 아래
아지랑이 꼬물꼬물
여린 새싹들 고개 내밀어
도리도리 배우는

개울로 갈까나?
은구슬 구르는 소리
손바닥에 한 움큼 담으려

하늘빛 포근하고
봄바람 산들 불고
버들강아지 한사코 춤출 텐데

어디로 갈까나.

흑진주

차마
견디기 힘든 아픔이었지

움직일 때마다
파고드는 이물질은

시인
흑진주

아름다운 삶을 사는

품고 사는 세월동안
큰 고통이 굳어져서
영롱한 진주가 된 걸 거야

아마도
빛을 감추고 살아온 세월만큼
찬란하게 빛을 발하는
흑진주가 될 거야.

검정고무신

호롱불켜 밤을새워

베틀에서 씨름하며

길쌈하신 모시삼베

직녀보다 섬세하게

날실씨줄 엮으셨네

부랴부랴 손질하여

쌀한말에 보리서되

무거운짐 이고지고

젖먹이인 내동생을

등에업고 채비하네

화장안한 맨얼굴에

구슬땀을 흘리면서

시오리길 걸어걸어

광양장에 가신엄마

반구두를 사다주마

약속하신 그말씀에

어린가슴 콩닥콩닥

두근두근 방망이질

철이없는 어린딸은

힘들었을 우리엄니

엄니걱정 뒷전이고

느티나무 정자에서

목을빼고 기다렸네

눈이침침 가물가물

하루해가 어찌긴지

오메이거 어쩐당가

왁자지껄 사람소리

장꾼들이 모여들고

장에가신 울엄니가

파김치가 다되어서

돌아왔네 돌아왔소

반가움에 눈물글썽

반구두를 찾아보니

반구두는 간데없고

먹투가리 고무신뿐

오메이게 뭐당가요

요것이왜 반구두여

땅바닥에 주저앉아

배신감에 통곡했네

이세상에 제일착한

우리엄니 가슴에다

대못질을 하였으니

이거이거 어쩔텐가

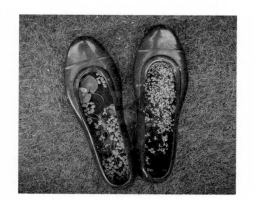

노부모님 모시면서

버거웠던 시집살이

칠남매를 키우느라

빠듯했던 살림살이

새벽부터 밤중까지

황소처럼 일만해서

등이휘신 우리엄니

눈감아도 떠오르고

눈을떠도 생생하니

꿈에라도 만나려나

세상에서 제일예쁜

우리엄마 탁여사님

이제와서 후회하며

생각한들 무얼하리

가슴속에 추억으로

대롱대롱 걸려버린

검.정.고.무.신.사랑을.

멀리

순서대로 왔으니
순서대로 가는 거
그건 정답이 아니라오

무엇이 그리도 급해서
그토록 일찍 떠나야만 했는지

짧고 굵게 살겠노라
입버릇처럼 말하더니
말이 씨가 되었소

우리네 인생살이
잠시 다니러 온 소풍 길에
마지막 인사도 못 하고

그리도 급하게 떠나야만 했는지

천년만년 살 것처럼
기세등등 호령하던
그 패기는 어디 갔소

되돌릴 수 없는 시간 앞에
남겨진 보석들을
나 혼자 어이하라고 그랬소

세월의 흔적 뒤로하고
버거웠던 짐들일랑
미련 없이 내려놓고
이제 그만 편히 쉬시구려
아듀 꼬마신랑!!

가슴앓이

가슴 저변에서 일렁이는
향그러운 솔바람 소리에

그대 마주하고도
말을 못하는 난 바보

여울진 그리움은
동백꽃보다 더 붉게 물들어

그대 내겐
보석보다 더 빛나는
그리운 사람이라고

나뭇잎 배에 사랑 실어

살포시 띄워 보내렵니다
난 벙어리가 아니라고.

아버지 못난 딸의 독백

아버지 어깨 위엔

매달린 식구가 한 다스요

댓돌 위에 놓인 신발이 열두 켤레라

초가지붕 위 박 넝쿨에

올망졸망 매달린 박처럼

흥부가족 같은 가족 땜시

무거운 짐을 홀로 지고

세상의 길 위에 서서

고달픈 인생살이

평생을 푸념도 안 하시고

당신 몸무게보다

몇 배 더 무거운 짐들을 지게에 지고

제대로 허리 한 번 못 펴보시고

땅만 파고 일만 하셨던

불쌍하고도 장하신 울 아버지!!

대학생이 두 명이니
고된 삶이 얼마나 버거웠을까
칠남매 자식들 위해 바친 희생
무엇으로 보답하리오
살아계실 때 못다 한 효도
그 은혜 갚을 길 없어
넋을 놓고 빈 하늘만 쳐다보니
두 볼에 흐르는
뜨거운 눈물을 어이하리오

이제 와서 생각하니
뼛속 깊이 파고드는 회한은
가슴에 대못되어 박힙니다
힘껏 소리쳐 불러 봐도
대답 없는 메아리뿐
세상 그 어디에도 없는 당신!!

이마엔 주름투성이

삼베 적삼엔 땀투성이인

재공장센 울 아부지는

세상에서 제일 온유한 양반이라

법 없이도 사신다고

고을 사람들이 칭송했던

그리운 나의 아버지는

이제 없다.

난 말 못해

큐피트의 황금 화살이
내 가슴에 꽂혔다고
아직은
난 말 못해

꽃비가 바람 타고 내리면
꽃잎에 새겨진 그대 이름이
그리운 사람이 된다고
차마
난 말 못해

별빛 쏟아지는 밤
은하수 숲길을 함께 걷자고
아직도
난 말 못해

못다 한 인연 앞에

또 다시 물들어가자고

아마도

난 말 못해.

인동초

엄동설한 모진 고초
꿋꿋하게 이겨내고

달빛 고요한 밤에
이슬 머금고 태어나
순백의 꽃이 되었다네

햇살 고운 뜨락에서
벌나비 떼 춤추며 노닐다가
그만 정분이 나면
얼른 황금 옷으로 갈아입고
살포시 고백한다오
난 처녀가 아니라고.

진주알같이 영롱한 시와
감성 풍부한 사진을 보며
행복과 긍정의 에너지가
팡팡팡 샘솟으시기를 기원드립니다!

| 권선복 도서출판 행복에너지 대표이사, 한국정책학회 운영이사

우리가 시를 사랑하고 즐기는 까닭은 무엇일까요? 감성을 풍부하게 하고, 우리글의 색다른 묘미를 체험할 수 있으며, 타인의 마음을 간접 체험할 수 있는 등 여러 가지 이유가 있겠습니다만 그중에 하나를 꼽자면 시를 거울삼아 자신의 솔직한 모습을 볼 수 있다는 것입니다. 우리는 인생에서 무수히 많은 일들을 겪고 삽니다. 그 과정에서 스스로에게 타협이나 양보를 강요하고, 무관심과 무책임한 태도로 발전의 기회를 내버리는 등 무엇보다 소중한 나 자신을 방관하고 살아갈 수 있습니다. 시는 마음의 거울입니다. 용기 내어 시를 읽고

쓰면 반성의 마음을 가질 수 있는 것이 바로 시가 가진 힘입니다.

시집 『그리움 0516』은 '흑진주'라는 예명을 사용하는 장복순 시인이 인생을 살며 얻은 마음속 깊은 감정을 시로 완성하고 순간순간을 포착한 사진을 함께 게재한 아름다운 시집입니다. 매우 순진하고 감각적인 언어를 사용해 희로애락을 가볍게 표현해내는 그의 시상과 감각적인 표현력은 칭찬을 아끼지 않을 수 없습니다.

더불어 주목해야 할 것은 시인에게서 우러나오는 경험의 솔직함입니다. 있는 그대로의 순수한 즐거움, 어느 때인가 겪은 추억을 향한 깊은 그리움, 누구나 한번쯤 겪어봤을 법한 고독한 외로움 등을 외부로 드러낸다는 것은 평소 저자가 얼마나 주변이나 본인 스스로에게 솔직하고 진실한 사람인지를 잘 보여주는 것이라 하겠습니다.

시를 읽는 여러분께서도 얼마든지 본인 마음에 잠재된 솔직함을 이끌어 낼 수 있으리라 생각합니다. 솔직담백한 장복순 시인의 『그리움 0516』 시집을 통해 아름다운 시와 사진을 감상하고 진정한 자아를 마주하시기를 기대하며 책을 읽는 독자들의 삶에 행복과 긍정의 에너지가 팡팡팡 샘솟으시기를 기원드립니다.

부산은 따뜻하다
반극동 지음 | 값 15,000원

책 『부산은 따뜻하다』는 한국철도공사 부산경남본부 반극동 전기처장이 알려주는 '인생열차 이용 안내서'이다. 철도인생을 마무리하는 3년간 부산에서 근무하며 노력한 저자의 경험을 담았다. "딸랑딸랑"하며 가족, 직원, 조직에서 원만한 인간관계를 유지하고 맡은 업무에 충실하기 위한 노하우를 알려준다. 또한 저자의 직장생활 35년 노하우를 담은 부록 '직장생활 이렇게 하면 달인이 된다'로 직장인의 바람직한 자세의 핵심을 담았다.

공무원 33년의 이야기
구본수 지음 / 값 15,000원

책 『공무원 33년의 이야기』는 한 세대, 즉 30년이 넘는 시간 동안 공무원이라는 길을 걸어 온 한 전직 공무원의 삶과 일선 행정에 대한 내용을 담고 있다. 그저 평범한 일상으로, 또는 늘 되풀이되는 하루하루라고 쉽게 넘겨버릴 수도 있었던 일들을 활자화함으로써 삶에 숨과 생기를 불어넣고 의미를 부여하고자 했다. 33년이라는 시간을 공직자로 살아 온 저자의 생생한 이야기는 공무원을 준비하는 이들뿐만 아니라 이처럼 사회 일원으로서 열심히 살아가고 있는 모든 사람들에게 깊은 울림을 준다.

순결이 국가 경쟁력이다
문상희 지음 / 값 15,000원

이 책 『순결이 경쟁력이다』는 이렇게 위기의 대한민국 가정, 나아가서 위기의 대한민국을 구해낼 수 있는 화두로 '순결'을 제시한다. 이러한 주장을 뒷받침하기 위해 저자는 하나님에게서 시작하여 가정으로, 가정을 통해서 사회로 뻗어나가는 '참사랑'의 원리와 '절대 성'의 원리, 그리고 그 기반에 있는 '심정'과 '미덕'의 힘을 강조하며 과거의 가부장 이데올로기와는 차별화되는 순결의 원칙을 이야기한다.

하루 5분 나를 바꾸는 긍정훈련
행복에너지

'긍정훈련'당신의 삶을
행복으로 인도할
최고의, 최후의'멘토'

'행복에너지
권선복 대표이사'가 전하는
행복과 긍정의 에너지,
그 삶의 이야기!

인터파크
자기계발 분야 주간
베스트 1위

권선복 지음 | 15,000원

권선복

도서출판 행복에너지 대표
지에스데이타(주) 대표이사
대통령직속 지역발전위원회
문화복지 전문위원
새마을문고 서울시 강서구 회장
전) 팔팔컴퓨터 전산학원장
전) 강서구의회(도시건설위원장)
아주대학교 공공정책대학원 졸업
충남 논산 출생

책 『하루 5분, 나를 바꾸는 긍정훈련 - 행복에너지』는 '긍정훈련' 과정을 통해 삶을 업
그레이드하고 행복을 찾아 나설 것을 독자에게 독려한다.
긍정훈련 과정은[예행연습] [워밍업] [실전] [강화] [숨고르기] [마무리] 등 총
6단계로 나뉘어 각 단계별 사례를 바탕으로 독자 스스로가 느끼고 배운 것을 직접
실천할 수 있게 하는 데 그 목적을 두고 있다.
그동안 우리가 숱하게 '긍정하는 방법'에 대해 배워왔으면서도 정작 삶에 적용시키
지 못했던 것은, 머리로만 이해하고 실천으로는 옮기지 않았기 때문이다. 이제
삶을 행복하고 아름답게 가꿀 긍정과의 여정, 그 시작을 책과 함께해 보자.